COLLECTION FOLIO

Christian Bobin

Pierre,

Gallimard

Christian Bobin est né en 1951 au Creusot.

Il est l'auteur d'ouvrages dont les titres s'éclairent les uns les autres comme les fragments d'un seul puzzle. Entre autres : *Souveraineté du vide, Le Très-Bas, La part manquante, La plus que vive, La Présence pure, L'homme-joie, La grande vie, Noireclaire, Un bruit de balançoire, La nuit du cœur* et *Pierre,*. Il a reçu le prix d'Académie 2016 pour l'ensemble de son œuvre.

Je me moque de la peinture. Je me moque de la musique. Je me moque de la poésie. Je me moque de tout ce qui appartient à un genre et lentement s'étiole dans cette appartenance. Il m'aura fallu plus de soixante ans pour savoir ce que je cherchais en écrivant, en lisant, en tombant amoureux, en m'arrêtant net devant un liseron, un silex ou un soleil couchant. Je cherche le surgissement d'une présence, l'excès du réel qui ruine toutes les définitions. Bach est plus que musicien. Soulages est plus que peintre. Rimbaud n'est poète que secondairement, comme les cendres qui retombent en papillons du volcan — ses poèmes. Je reconnais dans ces insensés ce qu'apprend avec effroi le nouveau-né, chaque fois que le visage de sa mère lui réapparaît, crevant la toile de l'air comme le lion le cercle de feu : il y a une réalité infiniment plus grande que toute réalité, qui froisse et broie et enflamme toutes les apparences. Il y a une présence qui a traversé les enfers avant de nous atteindre pour nous combler en nous tuant.

Ma première connaissance de Soulages est une connaissance absolue, celle de sa voix au téléphone. Je sais exactement où j'étais quand j'ai décroché. Le sol de la cuisine est fait de gros carreaux. Je sais sur quel carreau je me suis immobilisé en entendant cette voix. Au centimètre près. Les voix sont ce trésor que les gens vous donnent, même les avares. Ce que la mort ne pourra capturer, ni une machine d'enregistrement. Car une voix, ce n'est pas que le souffle, les paroles, ni même les silences. Une voix, c'est le monde entier repeint par la personne. Comment depuis le berceau elle voit ce monde. Comment elle l'aménage ou le brûle. La voix de Pierre Soulages, c'est la grotte de Lascaux avec de belles lueurs au fond de la gorge. Les gens du Midi ont sur la langue la pointe d'un rayon de soleil. Ils s'en servent pour vous tuer. Malgré cette légère poussière d'un accent, la voix de Soulages est nue. Incroyablement donnée. Un amusement la traverse, un étonnement que Soulages a de vous et de lui. Cet étonnement est la clé de voûte de son âme et de sa peinture aussi bien : n'en jamais revenir d'être au monde et de voir, de se voir dans ce qui vous fait face. Ses peintures ont la luisance humide d'une peau retournée. Elles ne montrent rien. Elles disent. Ces stries noires sont des microsillons. La voix du peintre est prise dedans. Il parle, seul. Sur une surface plus ou moins grande. Seul.

La demeure du peintre à Paris est un donjon rempli de blanc. Ma mémoire le veut ainsi. J'entre quelque part et aussitôt les murs et les meubles s'ameutent, se rassemblent autour de moi comme des enfants criards et me disent qui ils sont. Un donjon, sans doute parce qu'il y a un ascenseur intérieur. Une domination du blanc, sans doute parce que la pièce d'accueil est envahie par la modestie orgueilleuse d'un canapé blanc avec plein d'angles. Une photographie des lieux me démentirait peut-être, ou me nuancerait fortement. Je ne vois jamais photographiquement mais en esprit, ce qui est l'exacte façon de voir. Dans le donjon blanc vit l'amant du noir. Un saut de quelques centaines de kilomètres : la maison de Sète. Une baguette d'acier avec sa mie de béton. Non, mieux : la paupière plissée d'un crocodile attendant l'heure, filtrant la lumière assourdissante de la Méditerranée. À l'intérieur, le vide à son maximum, contrarié par une table basse où s'ajustent mal les carreaux de livres envoyés par des admirateurs. D'habitude les livres ont chez les gens une présence modeste, et ce sont les peintures aux murs qui vous tirent par la manche, par le col, vous pincent la joue, vous attrapent par la paupière : regarde-moi, surtout ne regarde que moi. Toute la peinture occidentale est issue de cette volonté, organise cette tyrannie sur notre cerveau. Toute — sauf les tableaux de Soulages. Ils reposent en eux-mêmes. Ils ne font pas la manche. Ce sont des spirituels avancés, loin dans la pensée. Ils n'ont pas besoin de notre secours pour exister. Le secours, c'est plutôt eux. Des momies de momies. Du sirop d'érable de sagesse. Ils sont face à un mur depuis des siècles et ils méditent. Ils ne mangent que du noir avec un filet de lumière. Rien d'autre. Le mur qu'ils contemplent — c'est nous. Mettez-vous devant un outrenoir : vous n'aurez jamais été autant regardé de votre vie. Dans la maison de Sète il y a un triptyque, un outrenoir de tourbillons immobiles. À Paris, dans le donjon, il y en avait un plus simple, non moins redoutable. Pas plus. Je mets en doute l'amour des collectionneurs : trop de tableaux — c'est plus aucun tableau. Un homme « à femmes » n'aime aucune femme. Une maison avec rien sauf un tableau et des nappes de vide, des ondes de lumière homérique qui vont de la cuisine aux chambres, des chambres à la terrasse. Donner plein sens à la vie, c'est lui inventer un nid. Je précise que chaque tableau de Soulages est à lui-même et à lui seul une maison parfaite car infiniment respirante. Fin de la visite.

Il m'est arrivé d'accrocher mon âme à des buissons. Pour la ravoir, il me fallait tirer et inévitablement la déchirer. Ces accrocs font sa lumière. Personne ne peut sortir indemne d'avoir été, au jour de la naissance, poussé dans les eaux froides du temps. Le courant va de plus en plus fort. Les touffes d'herbe qu'on croit saisir, les branches basses qui viennent boire et auxquelles on imagine s'accrocher au passage — tout cède merveilleusement, le courant est de plus en plus fort, mais une force égale nous est donnée par la contemplation — l'œil qui s'arrête, même si le corps à demi assommé continue son naufrage, file vers les chutes du Niagara.

Il n'y a rien de pire que nous-mêmes dans la vie. Nous-mêmes : avec la vanité de nos paroles, l'hypocrisie de nos silences, le tremblement de nos intérêts, la petite dent cariée de notre foi en la vie. Nous-mêmes. La force est sans cesse donnée et redonnée aux anges que nous ne sommes plus et qu'il nous faut redevenir si nous tenons à rester humains. Soulages est un des noms de cette force. Ce serait lui faire tort que de le sacraliser. Première et dernière leçon soulagienne : le goudron du chemin réveillé par la pluie t'en apprendra plus sur toi que tous les livres saints. Vois comme il attrape la lumière. Vois comme il joue avec elle sans la retenir. Vois comme jamais il ne s'en croit l'auteur.

Les gens glorieux poussent leur nom un mètre devant eux, s'appuient sur lui — comme sur un déambulateur. S'ils ne l'ont plus, ils tombent. Soulages ne pousse pas son nom en avant. Ce n'est pas modestie — plutôt l'orgueil de ceux qui savent qu'il y a quelque chose de plus grand qu'eux, quelque chose ou quelqu'un dont la main invisible caresse parfois maternellement, hasardeusement, leurs tempes. Créer, c'est tout faire pour sentir encore et encore cette brise parfumée de l'invisible à nos tempes, cette proximité d'une fraîcheur surnaturelle. Soulages pousse en avant la noblesse de ce sentiment, l'intuition de ce qui manquera toujours, car on ne vit que par défaut. Ses peintures sont l'autorité même, ne sont que ça. On ne crée que pour guérir d'une angoisse, arrêter à mains nues les cavales de l'Apocalypse fonçant sur nous. Pour tenir face à la mitraille du néant, pour ne pas se coucher de lassitude sur la terre meuble des conventions, on écrit, on compose, on peint. Le divin est l'ordre lancé au cœur de battre et de se battre. On choisit sa mort : ce ne sera pas celle qui viendra à la fin, ce sera celle qui vient à chaque fois que vous décrochez le mot juste, à chaque fois que le fouet sur la peau de la toile imprime le lacet qu'il faut, qu'il fallait, exactement, le trait, la gifle qui frappe le néant, le dissuade d'avancer plus près, donne congé à la si persuasive tentation de se rendre.

Si Soulages est bientôt centenaire, c'est signe d'une élection. Mourir à seize ans eût été le même signe, à cet âge où le très jeune Jean-Baptiste Chassignet écrit son chef-d'œuvre, *Le mépris de la vie et consolation contre la mort*, flagellant le seizième siècle pour ensuite n'écrire et ne vivre qu'infiniment peu, et mal. La lumineuse vieillesse comme la radicale jeunesse sont deux manières de serrer dans un poing de fauconnier l'éclair de l'éternel. Les images se multiplient comme des plaies d'Égypte, changent la fontaine ardente de nos yeux en écrans plasma. Ces épiphanies industrielles dont la fascination nous dépossède de nos puissances rêveuses sont aveugles. Pour voir, réellement, concrètement, surnaturellement *voir*, je trouve un appui dans la tribu outrenoire, auprès de ces guerriers couverts de boue. Même loin, ils sont proches. Même absents, ils me parlent. Ces dinosaures de goudron du musée Fabre de Montpellier, je sens encore la chaleur qu'ils dégagent, comme le remuement lactaire, embousé, généreux d'une étable la nuit, quand mesdames les vaches soupirent leur vie, à faire trembler les cordes de l'univers. Le cheptel anti-électronique de Soulages, les bisons, les aurochs qu'il peint à même nos yeux, il me suffit de penser à eux pour que la magie colorée des modernes apparaisse pour ce qu'elle est : de tristes jeux d'enfant abandonné. Impossible de s'éprouver abandonné devant un tableau de Pierre. On est, enfin, devant quelqu'un. Et ce quelqu'un, c'est nous.

Pascal, encore lui, Blaise Pascal, ce fou qui voulait nous contraindre à plier les genoux devant son dieu absent, alors que la moindre de ses pensées nous remettait debout, face à l'ange de notre mort très sûre et très solitaire, prêt au combat, Pascal fait partie du cercle des amis de Soulages. Je parle du cercle invisible, de la vibration d'intelligence qui tire du cœur de génies de siècles différents le même cri lumineux. Je perds ma vie comme tout le monde. Je sors prendre un verre chez Montaigne, puis deux, puis trois. Je me réjouis des anecdotes rapportées, des petits secrets des petits rois. La langue de Montaigne est belle comme une femme au réveil, fraternelle comme du vin chaud avec gingembre. Mais Pascal, mais Soulages : soudain plus rien que l'essentiel. Le café est fermé, les lampadaires éteints. On glisse sur les trous de taupe des morts. On va vers cette fin non hollywoodienne, cette pluie de fleurs sur nos têtes étrangement jaunes et bientôt rincées jusqu'à l'os. On y va, on le voit, et Pascal et Soulages nous disent, à l'heure sévère, combien noble est le cœur, terrible le Dieu de bonté.

J'ai traversé le petit matin de Sète, écarté les rideaux sales de la lumière. Ils étaient doux à mes joues. Les boutiques étaient closes sur leur avarice native. L'air était magique. Son acier contre mon front faisait de moi le réveillé absolu. 25 décembre 2018. Un train m'attendait. Il avait passé la nuit prétendue sainte dans une écurie de fer. Une lassitude l'empoussiérait. Les trottoirs écaillés, gris mouette, étaient signés Soulages. Je voudrais écrire un éloge de la poussière.

Le bois de pins, couvert de givre, vibre mieux qu'un clavecin. Le barbelé des barrières n'est qu'araignées blanches. Je traverse le calme furieux du mois de janvier. Le givre est ma matière préférée, parce que ce n'est pas une matière mais de l'écriture. Le givre est une lumière captive et si je pense à toi en la voyant, c'est parce que les contraires dans les profondeurs s'épousent, s'attirent, conversent. Tes tableaux bougent infiniment. Nos yeux tombent sur eux comme la pluie sur la route. Les ténèbres qui s'avancent ne sont pas des ténèbres mais une qualité royale de respiration, une pensée inaccomplie, poursuivie jour et nuit. Le givre me refuse. Ton noir m'absorbe. Deux façons égales de sentir cette prétention du « moi » disparaître sans bruit. Je traverse les palais du givre et ne suis plus que vent d'est. Je pense à toi : une vraie pensée, une pensée de poids, non voulue. Je t'aime assez pour me mettre en travers de ta mort et l'empêcher d'avancer.

Je reviens en amont, mes parents sont encore des enfants et toi aussi tu l'es, tu viens de noircir une feuille de papier blanc. Ce qu'on te dit alors, ce que ta famille te donne par sa question et ce que tu te donnes, toi, par ta réponse d'enfant, c'est un talisman contre la mort. Je le note ici, comme une chanson qui veut l'éternel. Le refrain :

— Qu'est-ce que tu fais, petit Pierre ?

— De la neige.

Les rues du vieux Sète sont sales. Elles n'ont pas été balayées depuis Louis quatorze. Je connais ça. Les villes pauvres, je connais bien. Elles rendent la traversée de la vie plus pure, plus nette : il n'y a rien, juste le trésor humain. De la gare, pour aller à pied chez toi, il faut traverser les fantômes du vent — ce souffle de la mer en robe de mariée visitant son désert —, longer un canal, monter, monter. Tu es en hauteur. Tu habites au-dessus de la ville et tu sublimes sa pauvreté sans y penser, par ta manière de peindre avec presque rien : du noir pressé, poisseux, un deuil impossible à finir. Le rideau noir tombe sur tout, mais les griffes qui le déchirent l'ouvrent à une lumière royale. Sète, ma petite Sète, ma ville sans rien. Ton cimetière marin avec l'ennuyeux Valéry et son cerveau de marbre. Et le peintre là-haut. « Vous allez voir le peintre ? »

me dit le taxi dans la nuit de Noël. J'y reviendrai à cette nuit. Oui je vais voir le peintre, aujourd'hui encore. Écrire, c'est le voir. Penser à sa pensée. Penser qu'un homme a passé sa vie à chercher quelque chose dans sa nuit, a fait de sa nuit — par brisures, fractures, féroces patiences — de la lumière. Il y a trop à voir dans ce monde dit « moderne ». Les images y prolifèrent comme dans le livre des morts tibétains. Elles sont nos propres diables sortis de nous, qui reviennent, mènent la ronde. C'est l'enfer joyeux des vieilles nouvelles technologies. Et là-haut, dans les hauteurs de Sète, un homme radicalise, simplifie, détruit par son travail les images médusantes.

Un nouveau-né, quand sa mère comme un requin blanc ne navigue pas dans les parages du berceau, regarde une tache au plafond, l'ombre ardente d'un feuillage, un à-plat de noir avec des taches lumineuses. Et là-dedans, il y a tout.

J'ai pour amie principale la neige. Elle me rend visite deux ou trois fois l'an. Elle a d'autres noms que le mien dans son carnet d'adresses. Je ne suis pas jaloux — la neige est l'amante parfaite. J'ai toujours reçu l'amour qu'on m'adressait comme ne s'adressant pas à moi mais à bien plus. La flèche ignore l'air qu'elle fend. Tout amour file vers Dieu, que celui-ci existe ou non. Tes peintures, leur grosse main noire plaquée sur ma poitrine pour sentir mon cœur battre — c'est pareil. Elles me soignent, mais bien plus sûrement elles soignent la vie qui m'efface au moment même où je m'exalte de la sentir. Devant tes tableaux, je suis devant l'impersonnel de la vie, la muraille muette de la première seconde de l'univers, avant que tout explose en milliards de nuances, de planètes, de visages et de fleurs. Ce noir, bien qu'effrayant, il est impossible de ne pas *immédiatement* en sentir la bonté, la charité, le secours que la vie par saccades se donne à elle-même. Comme la neige. Exactement comme la vision de la neige seule — irréprochable.

C'est une nuit dans la forêt. Les arbres encerclent mon cœur. J'écris. Je n'ai jamais connu d'autre habitation que la phrase à venir. Je feuillette un livre de tes peintures, un de ces gros livres pour enfant délaissé que sont tous les livres d'art. Ce tableau-là, c'est l'inverse de l'idiot tapis rouge de Cannes. C'est le tapis noir pour entrer dans la vraie gloire, l'échelle pour sortir du monde, de la cave du monde.

Les épaisses portes des immeubles parisiens sont parfois noires, la plupart bleues ou brunes, et même vertes comme des lentilles d'eau. Toi aussi en peignant tu construis des portes massives, avec les veines saillantes d'un bois fossile. Les infernales portes parisiennes desserrent leurs mâchoires quand on a appuyé sur le bouton de fièvre de la sonnette. Après, il faut une force de géant très doux pour que, sous la poussée d'une ou deux mains, le cerbère se plaque contre le mur et nous laisse entrer. Mais toi, pour faire s'ouvrir tes outrenoirs, où est le bouton de fièvre, la sonnette comme un petit bout de sein métallique des défenses parisiennes? Il est dans l'âme de celui qui contemple. Il est cette âme tout entière. Certains en ont une et ne le savent pas, ignorent fabuleusement la lumière qu'ils donnent dans la nuit du monde. D'autres l'ont perdue, échangée contre un plat de lentilles et des applaudissements. Ta peinture ne s'adresse à personne — ou à qui voudra se souvenir qu'une âme nous fut donnée avant de naître.

Et tes tableaux, je les brûle. Ils appellent le feu, ils l'ont déjà connu une première fois, ils lui doivent leur sueur de brutes, leur crispation charbonneuse sur un trésor de rien. Le grand banquier qui achète une de tes œuvres croit pouvoir ajouter à son portefeuille ce vœu de pauvreté. Une lumière descend comme de l'huile à l'intérieur des liserons. La même suinte d'un outrenoir. Les oiseaux de lumière pris aux filets de tes noirs appellent pour qu'on les délivre. Mais le chef-d'œuvre du peintre, c'est le peintre. Je te revois au matin sortant sur ta terrasse. Un escargot te double à folle allure. Ta lenteur n'est pas charnelle. C'est la pensée qui arrive avec toi, et qu'elle soit si lente ne contredit pas sa nature d'éclair. Tu es aimable comme l'air au-dessus de la mer. Tu es, par ta tenue d'os et d'âme, la preuve que vivre a un sens de fleurissement, de cristallisation.

Je vois en te voyant que l'âme est une abeille qui vole dans l'ambre. Je vois ta faiblesse, tes œillères. Tous, à certaines heures, nous devenons de lourds chevaux de labour, retournant la terre grasse de nos humeurs. Je vois la totalité de ton humanité et ce je-ne-sais-quoi de ta présence qui soulève le tout jusqu'au soleil, en offrande au bec des dieux. Voilà. Il fallait aussi parler de toi sans tes peintures.

Nous ressemblons à notre âme et notre âme, elle ne fait rien, jamais rien. Elle regarde par la fenêtre. Elle attend ce qui ne viendra pas, ce qui viendra sûrement. Nous ressemblons à notre âme, et c'est pourquoi un balayeur des rues — j'en ai connu un — peut aussi être un ange.

La plus belle salle d'exposition pour tes outrenoirs, ce n'est pas le Louvre qui s'apprête à te donner une de ses salles — mais un garage pourri dans un village de campagne. Cet atelier où un ouvrier hors d'âge ausculte des moteurs asthmatiques, et le sol bruni de crasse, avec la calligraphie dorée des huiles de vidange. Ta peinture travaille à réparer, restaurer, relancer le flux de la vie, à faire que rien ne rouille, pas même la rouille. Cette image de toi traîne les livres : tu as une cinquantaine d'années. Tu es dans ton atelier-garage. Tu travailles pour ton compte. Pour l'instant tu apparais debout, perplexe, méfiant, penché sur la flaque noire d'un tableau en cours, les bras ballants. Tu cherches l'origine de la panne, l'endroit où l'éclair s'est perdu dans la nuit de l'enfance après en avoir surgi. Tu cherches à ce que rien ne finisse jamais,

jamais, jamais. L'œuvre faite, Pierre, c'est la mort. La peinture achevée, le livre fini. Mais le lecteur vient et réécrit le livre, mais le regardeur vient et repeint le tableau. Il y avait assez d'air entre les mots, assez de nuit sur la toile pour que quelqu'un se saisisse — en lisant, en voyant — de sa propre vie inachevée, du nom du dieu dans le ventre du silence, encore non formé —, battant. Je te raccompagne dans ton garage, Pierre. Le soleil touche de son pied nu une tache d'huile. L'exposition commence. Je vais te venger du Louvre.

Je suis l'instrument du dieu qui n'existe pas. Je viens te le rendre visible en cette nuit de ton anniversaire, ce 24 décembre 2018. Je sais que tu te moques de ton anniversaire. Tu ne le célèbres pas. Les fêtes t'ennuient. Le soir de Noël est le soir où Dieu est le plus retiré dans les appartements de son absence. Tant de niaiseries l'écœurent. Le monde célèbre un nouveau-né qu'il va clouer sur la porte du néant dans moins de six mois. Il me reste quelques heures pour t'apporter *La nuit du cœur.* Tu passes dans ce livre comme au ciel les nuages que j'aime tant.

Il fait très froid. C'est la nuit noire. Un soleil cuit dans le four. Il a la forme d'un poulet. Le vin me jure son amitié. Je plaisante avec Lydie et Gilles, et soudain me voilà dehors sous la nuit battante. La gare du Creusot, j'y cours demander ce qu'il faut de rails, de roues et de paquets de nuit salée pour arriver à Sète chez toi, avant minuit, quand sonnera l'expiration de ton anniversaire. C'est une convention morte. Je l'ai élue comme l'apothéose de cette nuit écœurée d'étoiles. Un seul train est possible. Il me crachera comme un pépin sur le quai de la gare de Sète vers vingt-deux heures trente. Je reviens à la maison dans la forêt. J'attrape un sac, j'y fourre un livre de Dhôtel, *La nouvelle chronique fabuleuse*, et un recueil d'entretiens, entre un étudiant et Kafka. Je ne veux pas ce soir lire de journaux. Les poètes seront mes espions. La gare du TGV est glacée, quadrillée par les inspecteurs du vent du nord. Ils passent et repassent dans le hall qui ouvre ses jambes au diable. Je n'aime pas quitter ma chambre. J'ai décidé en une seconde de partir. Pour que cette nuit m'emporte à trois cents à l'heure vers ton silence, j'ai dû écarter celui que je suis, je me suis laissé à la maison. C'est un voyage que je fais après ma mort — il ne peut s'y trouver aucun obstacle.

Les grands évènements arrêtent le cœur très peu de temps avant d'arriver. Un cyclone s'inaugure par un calme dont pourrait être légitimement jaloux le plus grand saint. Je suis dans ce calme. Je m'assieds dans le hall de la gare au nom interminable de trois villes, comme un collier pauvre — Le Creusot, Montceau, Montchanin. Sur le siège à côté un homme lourd de chair se voûte sur une de ces petites machines qui servent à appeler ceux qu'on ne sait aimer. Elle lui crache au visage les images d'un film comique. L'homme a libéré le son. Le petit haut-parleur de sa machine expulse des bruits de friture rendant impossibles et une joie et un deuil. L'homme rit très haut, très fort, d'un rire à faire désespérer Grock et le Christ ensemble. Et je l'aime, ce démon. Il est mon frère, n'est-ce pas, comme tous les humains saisis ce soir dans la désolation des fêtes coutumières. Et il rit, il rit, il rit, l'homme de la fin du monde, le voisin que me donne pour quelques minutes le Dieu qui n'existe pas d'exister trop.

La dernière fois que j'ai vu une de tes œuvres c'était sur un chemin de campagne couvert de goudron moucheté de cailloux argentés. Par endroits le goudron, accentuant son noir, se séparait de lui-même, comme une veste trempée abandonnée sur la route.

Le train part. Nous sommes cinq dans le compartiment — une famille et moi. En vérité, beaucoup plus. Lydie — je suis si peu séparé d'elle que j'aurais dû acheter deux billets. Il y a aussi mon père, disparu, assis à ma gauche. Il voyage toujours avec moi. Je dois à sa surprésence une attention vive aux nuages derrière la vitre sale. Ghislaine, aussi. Disparue, elle monte dans chaque train que je prends, souvent dans une autre voiture. La mort n'a rien diminué de son charme. Kafka, Dhôtel, Grosjean passent dans les travées, vont dans le wagon-bar ou en reviennent. Je peux me sentir le frère d'un chat enfermé dans un panier ou d'un bébé que la tornade d'un déménagement arrache à ses habitudes : tout voyage commence par m'épouvanter avant de me réjouir. D'abord les clous dans le cœur, ensuite le bain dans la lumière. Mais ce soir, aucune détresse, rien que la quiétude de faire ce qu'il faut faire, et de ne s'interroger sur rien. La famille lâche ses deux enfants dans le wagon. Ils me toisent et s'inquiètent du livre que je tiens entre mes mains. Leur père enjambe la fenêtre d'un ordinateur, disparaît sous les yeux des siens. Pierre, tu me touches malgré ta gloire car la gloire éloigne infiniment de nous ceux qu'elle sacre. Ce que tu as peint est devant mes yeux de pensée. Tu as peint des portraits. Tu n'as même fait que ça : tes noirs, parfois scarifiés de bleu, de rouge ou de brun, sont les visages des juges de l'au-delà — ces grands oiseaux égyptiens qui règnent dans l'entre-deux de vivre et mourir. La famille royale dont chacun de nous est l'enfant attend derrière le rideau noir qui bouge. Vivre c'est construire une cérémonie inoubliable avec rien. Les enfants et les pauvres sont forts pour ça. Une orange écorchée crie plus qu'un soleil. À l'enterrement d'un oiseau il n'y a que des saints de quatre ans.

Dans mon sac, du mauvais pain avec du mauvais fromage. La nourriture première, suffisante, sera, page 7 du livre de Dhôtel, cette phrase que je découvre comme si mon cœur l'avait écrite : « Nous devrions savoir d'abord que tout est loin à jamais, sinon ce ne serait pas la vie. » Je ne lis jamais pour réfléchir. La vie s'en va lorsqu'elle nous voit froncer les sourcils pour penser. Elle croit que nous sommes fâchés. Je lis pour être sonné de coups, comme je le suis par cette phrase de cuir noir. La beauté, la vérité, toutes choses qui importent dans la traversée du jour unique qu'est notre vie, ne prennent aucun égard. Elles ont raison. Sinon, elles ne nous atteindraient jamais.

Il y a un arrêt à Lyon Part-Dieu. Il faut changer de train, après ça ira très vite comme la balle dans un fusil. Je regarde dans le hall souterrain les signes de l'époque, minuscules lézardes qui annoncent le proche éclatement du barrage. Un mensonge de dix mètres sur une affiche, le titre d'un crime appétissant ou d'un remède pour l'âme. Les mendiants roumains sont mille fois moins brutaux que les publicitaires. Et cette table avec des stalles pour les visages penchés sur des écrans, bêtes à leurs mangeoires. Quand on regarde un inconnu à la vitesse de l'éclair, on voit un ange. Cette vision permet de supporter la découverte banale de sa mort dans le monde. Voir est la grande affaire. Dans l'exposition au Creusot, je suis passé dix fois devant ce triptyque et dix fois je l'ai renié. Son peu d'éclat le protégeait de la paresse de mes regards. Toutes tes peintures ne me plaisent pas. « Tout », ça n'existe pas. Et puis j'ai remarqué l'à-plat sur le bord gauche, en haut : on aurait dit le flanc d'une gibecière de cuir. J'ai vu ton âme braconnière, je l'ai vue comme jamais. Par un détail le tableau est entré dans mon cœur, où il dépose jour après jour sa poussière de charbon transcendant. Dans la gibecière outrenoire, le fantastique gibier de Dieu.

Mon père a grandi dans une maison pauvre. Il souhaitait que ses enfants chaque jeudi reviennent manger dans cette maison où ses deux sœurs étaient restées, inamovibles tours d'un jeu d'échecs. Peut-être, par ce rituel, voulait-il nous faire goûter au luxe de n'être rien et de vivre plus fort qu'une cerise. L'interminable usine du Creusot appartenait aux seigneurs mais les vrais aristocrates étaient ces ouvriers veillant dans leur jardin sur un feu de tomates. Au fond du jardin, en face de la cabane japonaise des toilettes, il y avait une remise où même les araignées venaient ranger leurs outils, surencombrée d'objets croisés les uns contre les autres. Le fond était inatteignable. Dans les années cinquante tes tableaux étaient frères de cette remise. Des planches de noir s'appuyaient les unes aux autres, laissant entrevoir un autre monde comme la neige laisse deviner un autre amour. Tes noirs faisaient un bruit de pelles, de râteaux, de sécateurs, de pieds de brouettes jetés là plus que rangés. Et puis, car c'est le sens aimable de toute vie, arriva le désencombrement, l'élargissement du cœur et de la pensée. Tes tableaux, comme la remise, se sont vidés. Le vide, comme tu sais, c'est quelque chose, ce n'est pas rien.

Dernier train avant Sète. Il passera par une somnolence susceptible comme la neige, aussi par quelques paroles de Kafka. J'attends d'un livre qu'il apaise en l'aggravant ce feu mis dans mon cœur à ma naissance. Kafka me dit qu'il me quittera à Sète où ce qui m'attend ne peut s'illuminer que dans la plus radicale solitude. Au cimetière juif de Prague, sa tombe sur laquelle, le jour de l'enterrement, s'effondra en larmes Dora Diamant continue de donner sa lumière. Les lecteurs sont l'avant-garde des vivants.

Bavardages des roues du train, bavardages des économistes, bavardages des littérateurs. Radotages qui font le monde. Un bâillon de mots qu'on nous fourre dans la bouche. L'essentiel est ceci : sortir d'un coup le cri d'amour de nos entrailles, puis c'en sera fini, nous aurons fait notre journée, exprimé notre vie comme l'orange éclate dans la paume du géant qui la broie. Signer le néant que nous sommes, puis mourir. Cette signature fait notre vie vivante jusque dans les tombes. Le timbre de notre voix dans l'amour, plus musical que du Bach. Un geste qui peut-être sauvera quelqu'un. Un arrachement sans profit à l'abominable préférence que nous avions pour nous-mêmes. Cracher son âme, exprimer son jus, diviniser la vie en la soulevant au-dessus de nous-mêmes — tel est encore, à l'approche de la neige de tes cent ans, ta force, ton secours, ton travail. Mon père n'a pas écrit de livre ni peint un seul tableau. Son sourire fut son seul coup d'éclat, un manteau de confiance jeté sur les épaules de la vie, devant quoi les diables reculèrent. Ce travail, chacun doit le mener, des écureuils dans les arbres aux philosophes dans leur boutique mal éclairée.

Ce qui me touche dans ta peinture — tu vois, je parle bêtement, pauvrement, toute autre parole serait morte —, c'est sa puissance de renouvellement, une salve de résurrections. Rien de plus maigre que du noir ratissé à gauche, à droite, verticalement, en oblique. On devrait s'ennuyer et c'est le contraire qui advient. Les variations infinies du noir révèlent, en pinçant à chaque fois une corde nouvelle, la nature profondément musicale de notre cœur, quel violoniste fou est ce dieu que nul ne voit, pas même ceux qui lui donnent leur vie. Dans la douzaine d'apôtres qui bourdonnaient, voletaient et revenaient toujours se poser sur les lumineux yeux d'âne du Christ, entre ces douze mouches l'empoignade rôdait, l'infernal désir d'être le préféré. Les entours sont les émissaires de nos abîmes. Bavardages des roues du train, bavardages des courtisans. La vérité est seule et sans entours. Tes peintures ne sont pas des peintures mais des gardes de la nuit que nous portons dans le cœur. Sa vérité est fille du silence.

Je voyage si peu que, lorsque ce tremblement de terre arrive, j'aimerais dormir sous chaque ciel étoilé, habiter chaque visage de rencontre. La nuit de Noël, matrone chocolatée, ne me donne à admirer que des quais de gare orangés balayés par la poussière cosmique. Les premiers voyageurs ont disparu, d'autres sont venus, l'air entier du wagon est changé. Nous avons la puissance ignorée de nous-mêmes de construire des cabanes dans l'invisible. Quelqu'un monte dans le train et silencieusement repeint les murs de l'univers. Je ne parle à personne, sauf à Kafka. Il est de bon conseil. Plus le train me déporte de ma chambre où les livres doublent les murs comme de l'amiante angélique, plus je comprends ce qu'est un vrai livre : quelqu'un qui nous sort de l'évanouissement dans le monde et ses modes, et nous ramène à nous-mêmes.

Nul besoin d'« œuvres complètes ». Une parole suffit.

Quand nous fermerons les yeux, de tout ce que nous aurons aimé il ne restera qu'une vapeur : c'était l'haleine du dieu qui se rapprochait de nous quand nous étions en capacité d'admirer, de nous étonner et de nous perdre.

La totalité de tes peintures, imagine-la serrée dans un seul grain de blé noir, imagine ce grain se contracter jusqu'à devenir ce rien d'où nous venons, qui nous engendre puis nous reprend, cette implosion silencieuse d'un amour sans visage. Les souffrances de Kafka ont continué longtemps après sa mort. Ce sont les souffrances de celui qui aima tant ses frères humains persécuteurs que même l'arrêt de son cœur ne l'empêcha pas de continuer à battre pour eux. C'est ce battement que j'entends par-dessous les alexandrins des roues du train.

Le dos du siège devant moi — c'est un siège vide, il n'y a que trois âmes dans le wagon — est le mont Fuji. Cette nuit j'écris sans papier, sans feutre, sans rien que ma pensée nue appuyée à la vision de l'inatteignable mont Fuji, à cinquante centimètres de mon visage. Mon sac à mes pieds est un chien poussiéreux. Tout est poussière dans ce train sans contrôleur : les vitres épaisses, les accoudoirs gris, mon passé, mon présent, mon avenir. N'existent que le dos du siège avant, un rempart pour agoraphobe, garde-fou pour nouveau-né — et ma pensée du temps qui nous arrache à nos morts et soudain nous mène à eux. Comment écrivez-vous ? À l'oreille et au cœur. J'écris sous la dictée des étoiles qui se taisent et du train qui rumine sa portion de ballast. Je rejoins sans écrire les plus beaux livres. On ne les trouve pas en librairie. Ce sont des lettres qui n'espèrent ni ne demandent rien. Elles ont été pensées plutôt qu'écrites, et vues plutôt que pensées, vues en caractères cyrilliques sur la face du mont Fuji, le mur de l'impossible, à cinquante centimètres du visage de l'écrivain.

Je cherche en écrivant une voix, la mienne. Car si je trouve ma voix, alors je trouverai aussitôt la voix unique de ceux que j'aime. Le singulier appelle le singulier qui lui répond, comme deux oiseaux dans la forêt, invisibles l'un pour l'autre.

Ma vie, dont cette poussée du train dans la nuit glacée n'est qu'une image, est la traversée de rideaux d'encre. Ma petite main d'enfant — car c'est l'enfant en nous qui bataille, vit et meurt — écarte les rideaux, les uns après les autres. J'attends l'impossible, Pierre. Cette nuit l'impossible habite dans les hauteurs de Sète. Je sais d'avance que je ne serai pas déçu. L'impossible est par définition ce qui nous comble.

J'ai reposé le livre de Kafka sur la tablette qui tremble, mariée aux humeurs des roues du train. Je pense sans penser.

Quand je somnole dans un train, quand je me contente de cette nourrice d'acier meilleure au fond que bien des nourrices de chair, mon visage se renfrogne et mon corps devient celui d'un bernard- l'ermite, replié en dedans. Je vais chercher en moi les réponses aux questions du dehors. Tes outrenoirs, tu les signes au dos — ainsi nous ne sommes jamais devant toi, devant ton nom, mais nous faisons face à je ne sais quoi de laqué, de sculpté, de noir avec des échappées de silence — les sautes de courroie de la lumière. Ce quelque chose nous cherche, comme on dit d'un voyou qu'il cherche la bagarre. Les yeux clos dans le train de nuit, pensant à tes peintures, je fais renaître très précisément l'impression qu'elles me donnent : un sentiment ou plutôt une pensée *physique* — comme si tes sarcloirs, tes brosses, tes fourches, tu les passais à même le cœur de qui regarde ton œuvre. C'est de l'écriture avant que les mots se figent. Cette main charbonneuse, le choc de lumière qu'elle provoque, je sais, pour l'éprouver aussi devant les manuscrits des grands poètes, qu'il s'agit d'écriture, non de peinture. À Lascaux aussi ils écrivaient sur la paroi intérieure du cœur humain. Un lieu psychique à l'intérieur duquel on descend le long de marches humides. Les larmes pures ne sèchent jamais.

La vie se moque de nous, sais-tu. Et plus quelqu'un est sage, plus elle l'ébouriffe et le tourmente. Tu refuses les images. Ta peinture apparaît au moment où les puissantes technologies s'apprêtent à recouvrir le monde de housses colorées, marchandes et néantes. Ton noir est un appel à la résistance. Ce n'est pas toi qui le dis, c'est lui. Tu n'aimes pas les images mais ton noir comme la nappe de pétrole est la mère des images : plaques de réglisse, bannières du deuil, rideaux de fer, clins d'œil de gisants, orages de l'innocence, charbon d'os, pelage du jaguar. Tu ne donnes aucun titre à tes peintures et par là elles s'apparentent au dieu qui, pour n'avoir aucun nom, les appelle tous sur lui et les grille comme des insectes aux lampes d'été. Je ne sais pas ce que je vais te dire quand je te verrai. Je ne sais même pas si tu es chez toi. Tu n'es pas informé de mon voyage. Je n'ai rien à te dire — que jeter mon visage face à ton visage. L'amitié est une foudre. Je rouvre les yeux, je cherche dans mon sac de quoi manger et puis je ne cherche plus. Les morts comme les amants de l'absolu n'ont plus de corps — juste une ombre.

Quatre-vingt-dix-neuf ans. Ils attendent tous ta mort, maintenant. Je viens t'apporter une eau de feu.

Un homme aura donc passé sa vie à étaler du noir sur des toiles tendues. Les outils sont les prolongements de tes doigts. Les outils — pinceaux, brosses et compagnie — sont tes doigts en fer, en bois, en poils que tu appuies sur la toile à travers la brume noire. Le petit Pierre a les doigts pleins d'encre, il a mis du goudron sur le ciel. Oui, c'est la meilleure des raisons de vivre que d'ainsi presser l'outre du temps au-dessus de la toile couchée par terre. Gâcher du noir. Je connais deux, trois raisons de vivre aussi fortes. Le monde les ignore. Le monde a l'épée de l'ange enfoncée dans sa gorge. Encore un peu et le monstre avide de furies divertissantes sera mort. Alors nous respirerons, nous reprendrons une rasade d'air frais, comme nous n'osions plus le faire depuis des siècles. Un enfant affamé de deuil nous aura sauvés de nos fêtes mortifères. À cette superbe raison de vivre — se taire et s'appliquer à une tâche matérielle, humble — j'ajoute la lecture de poèmes. Ce n'est pas une spécialité d'écrivain, c'est une affaire commune : les rayonnants d'amour savent que ceux qu'ils aiment sont des poèmes de chair et d'âme. Enfin j'ajoute, à la réplique au néant, les petites cantates des noisetiers au printemps. Mon âme s'arrache à elle-même comme fait le geai qui gicle des bras du chêne et file dans la nuit du plein jour. L'homme qui d'habitude parle du nez dans les haut-parleurs des trains fait son réveillon. Aucune annonce n'agace le silence. Quel bonheur cette solitude, cette paix, ce noir.

Quand un homme a trouvé Dieu comme on découvre une fraise des bois, le diable s'approche de lui et se déclare son ami. Cette fable est pour toi. Tes peintures sont tellement plus protégées que toi. Les loups des assurances veillent. Les commissariats sont reliés aux musées par un fil d'Ariane. Un fantôme fait sa ronde de nuit et sa lampe aveugle tes outrenoirs. Mais toi. Mais ton cœur. Je n'ai pas besoin de faire le tour du monde pour connaître le ciel et les hommes qui l'oublient ou le servent. Aucun système d'alarme ne se déclenche quand l'orgueil se glisse dans un cœur. Les honneurs sont un poing américain qui vous étend pour de bon. Le froid du train, la moquette galeuse et l'accordéon de ferraille qui relie un wagon à l'autre, d'où sort une rumeur d'enfer, sont mes voisins. J'appelle Lydie depuis un de ces endroits battus par les vents, une chambre jaune éventrée avec deux portes et les cris des rails et des pierres suppliciés par-dessous. Une plate-forme, dit le langage tortionnaire. Les toilettes sont là aussi, d'où sortent des gens qui se gonflent comme des rois pour faire oublier leur misère terrestre. Dans ce chaos de fer et de vitres où s'écrasent les étoiles, titubant sur l'ivresse du plancher, j'entends la voix de Lydie — une clarté soucieuse, l'intelligence au cœur tressée. Je vais me rasseoir. Montpellier frôle ma tempe droite. Je plains le froid d'être le froid. Le vent est la poussière de la lumière. Je suis en guerre et n'ai pour toute stratégie qu'une confiance aux racines inconnues. Kafka a la réputation d'être un de ces lutteurs qui ne renoncent jamais — comme le bousier de nos campagnes, le scarabée luisant comme un haut-de-forme, qui pousse et pousse devant lui la montagne de sa nourriture. À peine ai-je commencé à l'interroger que Kafka m'interrompt : je suis mort donc relié à tout. J'étais sous terre quand vous n'étiez pas encore né. Nous, les morts, notre joie est d'aider. Mais là, dans ce train, à cet instant de la nuit de Noël, je n'ai rien à vous donner que vous n'ayez déjà : votre insouciance est la voie, pour peu qu'elle vienne de plus profond que votre volonté. Maintenant je vous laisse. Je reviens dans ce royaume d'où nous voyons toute la vie et combien elle est précieuse.

Qu'est-ce qui me tuera en premier, je me le demande. Peut-être un de ces cafés noirs que j'aime tant. Là où se tient notre goût, là aussi notre mort. À moins que ce ne soit une veine de vigne vierge soudain télégraphiant à mon cerveau, faisant sécession avec le continent du corps comme cela arriva à Ghislaine. Les gens du dix-septième siècle craignaient plus que tout la mort dans le sommeil — infâme et ultime distraction de la vie. Ces hommes de cuir et d'orage voulaient tout voir en face. Il y a ce genre de décret dans les yeux de Kafka. Une longue nuit de veille qui dura plusieurs dizaines d'années. Le train, parce qu'il m'arrache à mon confort et à moi-même, me rend frère de ces attentifs, de ceux qui espéraient Dieu ou le néant avec plus de chaleur que met l'amant pour guetter les pas de sa maîtresse. Cette nuit j'ai pris le train comme on entre en religion. Je ne sais ni qui viendra me tuer, ni quand, mais je sens que filer dans la nuit bourrée de suie sans rien penser ni croire me rend proche des immortels infatigables. Chaque centimètre carré du wagon retapisse mon crâne. Les rares voyageurs qui me croisent voient un homme incarcéré dans un siège plaqué contre la vitre, contraint de faire obéir ses genoux, ses jambes et ses bras à la médiocrité des concepteurs du train, bourreaux qui mesurent le corps et la respiration océane de l'âme en millimètres — au centime près. En vérité je ne suis pas ce faible pèlerin, mais l'homme le plus vaste du monde — un chantier d'étoiles.

Bientôt l'arrivée en gare de Sète, alors pourquoi aucun bruit de tambour dans ma poitrine, d'où vient ce calme illimité ? Le froid colore mes joues. Une gaucherie m'affecte, comme elle affecte toujours un homme trop seul. Mon calme est celui d'un assassin. Je range mes livres dans mon sac où dort un pyjama — avec un trou de mite dans la veste — et une brosse à dents ainsi qu'un peigne assommés par le voyage. Je suis, Pierre, le sauvage de tes peintures, celui qui achève ton geste, signe ta signature en fixant un rocher ruisselant de noir, sans plus tenir à rien, pas même à moi. Mes phrases sont longues comme ce train. Puissent-elles transporter, ici et là, quelques silences. Je cherche le dieu sans barbe, le dieu sans dieu, sans grande musique, sans reliure cuir, sans effets. Le dieu du Rien. Il s'essuie le front sur tes toiles. Tu inventes des reliques, au sens très vieux d'inventer : trouver, et non fabriquer. Mon père après sa mort fut enveloppé dans le saint suaire — comme chacun de ceux qui déposent leur souffle au seuil de la lumière. Le saint suaire dont tu donnes à voir des lambeaux est cette matière immatérielle faite des fils croisés de nos lassitudes et du souvenir incrédule de nos joies. Ce n'est déjà plus le néant et ce n'est pas encore la résurrection. Je vais bientôt me lever de mon siège, les rails sifflent et soupirent, s'apprêtent à ce repos épuisant qu'on appelle une gare. Je suis l'assassin de mes propres pensées. Je laisse mon âge et mon état civil. Je ne suis que celui qui se démoule de son fauteuil, ramasse son sac où deux exemplaires de *La nuit du cœur* attendent de frémir entre tes mains, et entre les mains de celle qui aplanit ton chemin. Sans dédicace. Ce qui nous oppose, je m'en moque. Ce qui nous relie, je m'en moque aussi. J'ai un geste à faire, après je saurai pourquoi. Les rails et les roues s'essoufflent de plus en plus, le chien de fer arrive vers son écuelle où un os de deux minutes d'arrêt l'attend.

Le peigne de l'arrêt crisse dans l'air noir. Nous sommes deux devant la porte. L'amoureux fixe éberlué le petit écran sur lequel s'énoncent en silence les gares déjà traversées, et celle qui vient à notre rencontre. Il bégaie et sourit d'avoir été trompé par lui-même — notre cœur est notre seul Judas. « Ah ça alors, ah ça alors ! » Il dit s'être endormi, s'être trop naïvement confié aux reines aveugles du sommeil. Il devait descendre à Nîmes où l'attendait pour ce Noël sa bien-aimée, et le voilà à Sète où ne l'espère personne. Il y a toujours une grâce dans un effondrement. Ce qui est beau et me donne, témoin de l'errance de Thésée dans le labyrinthe de son sommeil, un sourire fraternel — c'est la distinction aimable de sa perte. Il sourit de ce qu'il a perdu. Voici l'homme premier, le prince de tous les amants. Son sang est une neige. Ses erreurs, des anges. Il descendra avec moi sur ce quai. Me revient en mémoire ce matin où, avec Lydie, assommés de fatigue, *narcotisés* par la sorcière des voyages, nous avions laissé passer la gare de Sète où tu étais venu nous attendre à notre insu. Sortant de ton atelier, de la prison de ton corps, amandier en fleur de chair et d'os, debout sur le soleil en demi-cercle de l'esplanade de la gare, tu t'apprêtais à nous ouvrir tes bras et ils se sont refermés sur le vide. Ma plus belle image de toi, la plus déchirante, est celle que je n'aurai jamais pu voir : ta présence olympienne à la porte désarmée de la gare de Sète.

Scotchée sur le plexiglas du guichet, grelottant sous la main froide du vent, une prière tibétaine, un mantra, une supplique tapée à la machine : six numéros de taxi que les fantômes arrivant à Sète peuvent appeler, pour s'éloigner au plus vite de ce hall où roulent des buissons d'étoiles mortes. Ce sont bien des prières que ces numéros de téléphone, puisqu'ils ont puissance de faire apparaître un ange pour les égarés. J'appelle le premier. Il viendra dans cinq minutes. Je m'avance sur le parvis. Le ciel noir est un mur. Je m'y cogne le front. Personne. Il n'y a que le froid pour me faire la fête. Les étoiles mitraillent ma poitrine. L'indifférence de ce monde repu de lui-même et de lui seul m'est une extase. Devant moi, un vélo décharné. « Ça fait deux mois qu'il est là », me dit le maître-chien qui vient fermer la gare et la surveiller jusqu'à la petite heure laiteuse du matin. Son diable a une muselière. L'enfer n'est pas loin, d'où ces deux-là remontent. La ville qui me fait face est peinte sur un rideau de théâtre. Une avenue mendigote qui s'élève à petits pas, des maisons avec pour vitres un feu ocre. Le ciel remonte aux cintres, âpre et silencieux, scintillant comme la lumière sur le papier tue-mouches de tes outrenoirs. Ma marmaille me serre, venue à mon secours, tous les petits penseurs que j'ai été dans mon enfance déserte. Tu ne me croiras pas : tout est parfait. Riche d'ignorance, je sais tout — sauf ce que je te dirai, si je te vois. L'étrange est que je m'en moque. Le cœur — cette force en nous qui n'est pas nous — se débrouillera, parlera seul.

Le dieu, c'est le langage. Il n'y en a pas d'autre. Les briques de l'enfer, ce sont nos mots. On sait qu'on tue des gens en parlant. « Ah, vous allez voir le peintre », me dit le chauffeur du taxi quand je lui donne ton adresse. J'ai adoré le neutre de ce mot : « le peintre ». Il aurait pu aussi bien parler du « grand homme » ou de « la célébrité ». Mais disant seulement d'une voix distraite « le peintre », il a sans le savoir lavé ton visage des caresses courtisanes, et t'a remis à l'anonymat de ton travail préhistorique. Le coulis des flatteries sèche très vite, ça fait un vernis après. Ils parlent tous de Soulages. Moi, cet homme, je ne le connais pas. Je ne l'ai jamais vu. Celui que je voyais c'était l'auteur des peintures : Pierre.

Quand on est à l'arrière d'un taxi, faux prince conduit par un faux chauffeur de maître, il faut à peu près le temps du trajet pour trouver sa place. Se taire, ou interroger. Penser à ce qui va venir, ou accueillir à côté de soi, en passager clandestin, un de ses proches, même disparu. Je choisis de donner mes yeux à Sète par la vitre. Les rues sont sous une housse d'un noir élimé. Je reconnais les nerfs sous la peau du chemin. L'odeur de vieil évier du canal. Les rues étouffées du centre qui me demandent des nouvelles de Lydie. Bientôt ce redressement du cheval aux quatre roues, son attaque franche du ciel étoilé pour en venir à la route du mont Saint-Clair — et à toi. Ils ne savent pas ta simplicité et ta faiblesse, ceux qui lisent ton nom dans les dictionnaires. La politesse des milieux de l'art est impitoyable comme celle des milieux d'affaires. D'ailleurs, ce sont les mêmes. Il faut manquer de respect à ceux qu'on aime, pour les aimer vraiment. Ta peinture tue tes acheteurs comme tes courtisans, mais ils ne le savent pas. Il suffit que tes tableaux prononcent un mot, deux tout au plus, comme les vieux Chinois devenus lichens. Le langage est le seul dieu, celui que les nuages, les hauts poèmes et tes outrenoirs parlent. Le dieu est ce langage si pur que l'entendre refonde le cœur. Je m'en vais voir « le peintre ».

La Méditerranée pousse une pointe jusqu'en Bourgogne dans la forêt. Ses galets tutoient nos fougères. Des heures et des heures au téléphone, hors du monde. Il ne faut pas se soucier du temps qui passe ni de la mort. Notre crâne en bois travaille la nuit. Des planches et des pensées qui jouent. Le temps et la mort sont ces grincements dans la chambre à côté. Nos conversations se passent plus haut, bien plus haut. Tu questionnes souvent. Ta voix est ce bâton du promeneur qui écarte des feuilles sèches, fait sortir deux notes de Bach d'un tronc d'arbre. Tu as du charme. C'est le danger absolu, pour le charmeur comme pour les charmés.

Je n'écris pas ce livre pour toi mais pour moi, pour accueillir une lumière nouvelle sur la vie, quelque chose de plus radical qu'une pensée ou un sens. Une paix qui serait une tension. Il faudrait enterrer, dans une fosse argileuse, deux kilomètres sous terre, pour les protéger un exemplaire original des *Pensées* de Pascal ainsi qu'un outrenoir — que quelqu'un, dans plusieurs centaines de siècles, ait chance de les découvrir et de tout recommencer.

Mon père pouvait être maladroit de bienveillance, mais il avait cette grâce d'être toujours à côté du soleil, à l'endroit de tous les commencements. J'écris ce livre pour me mettre à cet endroit précis.

Il ne reste plus qu'une heure avant minuit, je suis devant le portail clos de ta maison. De l'autre côté du mur, les deux tortues de ton jardin ont tourné leurs petites têtes de cuillères en bois vers moi.

Je n'ai pas seulement lu dans le train. J'ai aussi écrit quelques phrases qui à présent brûlent dans mon sac : « Les morts ne sont pas plus loin de nous que les vivants. Le train de nuit perfore cette pensée. Elle tend ses vitres d'un velours noir. Je vais vers toi. Il fait froid. Le cœur est ce feu qui maintient les loups hors du cercle de notre vie. Je ne sais si je pourrai voir ton visage au terme de ce voyage. C'est égal. Ton visage est en moi, résumé par deux yeux étonnés dans le brouillard du monde. Les morts ne sont pas plus loin de nous que les vivants. J'aime cette pensée inconnue venue vers moi avec son écharpe de froid. Ce que j'appelle penser, c'est être appelé, convoqué soudain par une parole qui ne se forme ni dans le cerveau ni dans la bouche, mais dans cet abîme que nous portons en nous, où nous n'allons jamais, ce puits sans fond d'où montent des voix d'enfants et des étoiles, le cœur. Je suis au bord de tout comprendre. Cela m'arrive mille fois par jour. Au bord, pas plus — comme l'archéologue penché sur les miettes d'un papyrus, ou le tout-petit sur le visage de sa mère endormie, pure, très pure énigme du dieu qui s'absente. Les morts ne sont pas plus loin de nous que les vivants. Je voyage dans cette parole. Elle serre mes tempes, elle va durer trois heures, le temps du trajet.

Aller vers ceux qu'on aime, c'est toujours aller dans l'au-delà. »

Me voici devant le portail de l'outremonde. Ta maison bat des ailes derrière, au bas d'une pente dont je connais chaque caillou. Deux voitures devant le portail. J'entends sans les entendre les mots craquer entre les dents des visiteurs, je goûte le tanin des étoiles dans leurs verres. C'est si facile de sortir de soi. Ma solitude — le chauffeur du taxi m'attend plus loin dans la montée — est un observatoire du ciel. D'un point d'abandon absolu, on peut bondir au cœur du dieu — et des humains qui le gardent dans la niche de leur poitrine.

L'essentiel est comme toujours le plus proche : ce portail renfermé sur sa pensée, sa poitrine épaisse de fonte. Peut-être en réalité est-elle d'une autre matière, mais qui prétend que les objets ne changent pas d'atomes au moins un instant, pour s'accorder à nos humeurs ou pour se dégourdir comme un académicien jette sa veste de feuillages et d'or en rentrant chez lui, après le sacre ? Ce soir, cette nuit, devant mes yeux qui ont été forgés au Creusot, ce portail infranchissable est brut de fonte. Je sais que derrière lui l'amorce du chemin est couverte d'aiguilles de pin. La lune joue avec elles au mikado. La vie est le bégaiement d'une unique parole — notre mort étant le moment où elle se prononce enfin toute. Ce portail a ses prédécesseurs — un visage qui ne s'ouvre pas, une phrase qui refuse de donner son sens. Une de tes peintures — coffre-fort noir contre lequel j'appuie mon oreille tout en manœuvrant la serrure, espérant trouver le bon numéro, entendre le déclic qui fera s'ouvrir la porte, apparaître les bijoux de la lumière.

Un refus est devant nous depuis notre naissance, massif, taciturne, invisible. L'amour, c'est avoir assez de patience pour que cet obstacle, cette masse opaque, ce gardien des ténèbres sourie de notre ténacité, s'émerveille de notre résistance — vrai nom de la « foi » — et s'efface, nous laisse passer.

Il reste une demi-heure avant la fin de ton anniversaire, le portail est fermé, qui ne m'empêche pas de te voir. La pensée seule a des yeux. Sur la gauche le cimetière marin. C'est un amphithéâtre qui descend vers la mer et la lumière. Paul Valéry a fait un rapt sur ce cimetière. Ses poèmes, taillés avec le même petit ciseau qui mettait chaque matin sa moustache au garde-à-vous, ne ressusciteront jamais personne. J'aurais aimé te parler de poésie, toi qui l'aimes depuis toujours. Elle est, pour aller vite, le noir du langage, sur lequel passent les griffes de la lumière.

Le soleil est un lâche. L'été, il vient tôt le matin comme un qui prendra soin de nous toute la vie. Il a pour alliée une prostituée tendre, la brise des bords de mer. Vers dix heures du soir, il nous abandonne avec des douceurs hypocrites, orange et mauves, qui déchirent le cœur. Le soleil d'hiver est plus franc. C'est le père de Kafka qui s'assoit à table et annonce une faillite. Je revois le cimetière marin dans lequel je marchais, un été passé. La pluie du bleu sur tous ces disparus. La lumière qui savonne leurs poitrines de marbre. Ta tombe à venir, longtemps couverte d'une bâche — un outrenoir en formation ; tu viens parfois t'y recueillir. En vérité tu n'y seras jamais, elle ne sera que ta poste restante. La tombe de Valéry n'est qu'un parfum de collection évaporé depuis longtemps. On dira un jour, dans le cimetière marin *dévalérysé*: « Ici il y a la tombe du vrai poète, Soulages. » Seul importe de voir à une vitesse infiniment plus grande que celle de notre mort. Cet éclair qui éclate dans ton atelier est un geste d'écriture.

Je reviens à cette nuit de Noël, à ce froid, cette fatigue et cette solitude qui m'ont déjà comblé. Je t'appelle, ton serviteur décroche. Il s'appelle comme le Prophète, Mohammed. C'est un ange des sables mis à ton service et à celui de Colette. Je lui dis que je viens remettre à ses maîtres deux exemplaires de La nuit du cœur. « Je vais prévenir monsieur. »

Les étoiles ralentissent au-dessus du mont Saint-Clair. Tous ces gens du cimetière marin, Dieu les a débusqués de leurs cachettes de vivants, il a touché leurs cœurs d'un doigt de feu en criant : « Trouvé ! » À présent, ils sont près de lui, où ils se réjouissent d'être rois et poussière. Je verse Dieu sur le langage, Pierre, de même que tu étales la coulée noire sur ta toile pour faire valoir, par l'accident d'un trait, une lumière dont on ignore tout. Ils sont drôles, les lettrés. À peine entendent-ils le mot « Dieu » qu'ils se font le visage d'acier d'un bourgeois devant une faute de goût. Mais quoi : ce nom illumine toutes les langues. Il est l'unique bien des pauvres. Je crois aux puissances réalisatrices du langage. Écrit avec la douceur qui convient, le mot « neige » descend sur la page. Le mot « lumière » guérit nos yeux. Quant au mot « Dieu », son silence s'approfondit jusqu'à l'humain.

Quand la mer, la nuit, sur la terrasse, n'était plus qu'une terreur noire, dangereusement lente et brassée de mauvais songes, les étoiles se mêlaient à nos conversations. Des bougies sur la table hochaient la tête. On dirait, les nuits d'été, que plus personne ne va mourir. C'est par de telles ruses que l'Éternel fait de nous ses enfants.

Quand dans le salon de Sète tu te tenais debout, devant nous assis sur le canapé, on aurait dit une tour de Notre-Dame regardant ses moineaux sur le parvis. Salon et canapé sont des mots que ce livre recrache. La grande salle où tu venais passionnément te joindre à nous le matin était un arc en feu, une corde tendue entre l'outrenoir sur le mur du fond, et, au-delà de la baie vitrée, la mer qui nous tuera tous, impossible à distraire de son ménage d'abîmes, avec la friture de ses navires sur son mépris gris-vert. Le temps qui passe et emporte nos charognes est sans pouvoir sur nos âmes. Celles-ci sont des fleurs de serre. Elles s'ouvrent dans les bonnes conditions d'un amour ou d'une amitié. Nous parlions, bien sûr. Mais la vérité est autre que nos paroles. La vérité est du côté des morts, du pain heureux d'être brisé, de la ride au coin des yeux qui soudain prend des vacances. Une machine peut enregistrer le bruit de nos idées : celui d'un vieux vélo à roue voilée. Elle ne pourra capturer la fraîcheur de milliers de palmiers jaillis dans l'oasis d'un silence. Qui en haut lieu a décidé que chaque jour la comédie se rejouerait ? Trois repas entrecoupés de paroles, de mouvements, de travaux. Puis la bâche du sommeil par-dessus. Nous dormons tous dans un canot de sauvetage. Et le lendemain, la même pièce recommence. La grâce est dans les intervalles. Dans ce qui se tait et ne descend dans le caveau d'aucune image. Toi, devant nous comme un outrenoir dernier-né. L'amour — ou l'amitié —, c'est s'approcher si près du cœur de l'autre qu'on en est à jamais irradié. Étrange d'aimer un peintre. Je n'aime pas qu'on accroche quelque chose au mur.

Comment je t'écris : j'enfonce ma tête dans le papier, je creuse une galerie, quand je rencontre une racine ou un rocher, je fais demitour, je repars ailleurs, chercher l'issue à ce voyage, à cette nuit, à la vie entière.

De cette nuit je ne peux sortir que par plus de nuit encore. J'ai pris ce train pour te donner ce concentré de perte et d'euphorie qu'on appelle un livre. La nuit du cœur comme antidote à la nuit de Noël. Ghislaine sortie du cimetière marin passe devant moi avec le legs d'un sourire, continue de suivre la route vers le mont Saint-Clair. Les morts n'ont pas quitté la vie mais ses cloisons prétendument étanches : ce qui fait qu'une pierre n'est pas une rose, et qu'une rose n'est pas une lettre. Mourir c'est laisser ses sandales sur le seuil du temps, pour entrer pieds nus dans la chambre d'une rose ou dans l'œil renversé d'une poupée. Aller partout comme ce vieux gamin de Dieu, curieux de tout. Cinq minutes depuis mon appel. Le portail ne s'ouvre pas pour délivrer la parole qu'est le corps de ton serviteur, et son âme aussi. Le froid me réchauffe.

C'est une présence. Il me fait un manteau de Napoléon, quand pour son couronnement il laisse retomber sur ses épaules et son corps une avalanche d'astres et de neige. Mon cœur est un creuset. Ce qui s'y verse, brûlant, féroce, devient lingot d'écriture, frappé du sceau de la banque du vide. Tes peintures, tes silences et ton visage se sont agglomérés dans ce moule. Un alliage si pur. J'y verse trois gouttes de nuit avec une branche cassée d'étoile.

C'est reposant d'attendre devant une porte muette. Un ange vient nous donner des revues de lumière et d'ombre pour nous faire patienter. Je n'ai jamais cherché à rompre ma solitude. Depuis l'enfance, quand je ne sais plus, je ne bouge plus. J'attrape l'immobilité éphémère des lézards. Leur stupeur de pierre sur la pierre. Beaucoup de bêtes ainsi, avant de fuir dans leur paradis, connaissent un tel ahurissement. Je me souviens de mon tête-à-tête avec un lièvre. Vivre, c'est une nuit se trouver soi-même devant soi-même, avec un portail clos entre les deux soi-même. Je suis chez toi en même temps que sur la route qui s'essouffle d'être montée jusqu'à ton portail et qui se tait maintenant, sa respiration goudronnée entravée par du gravier. Je suis entièrement dans ce que je fais, et comme je ne le comprends pas, je suis simultanément hors de moi. En aplomb, en épervier.

Appuyez sur le cœur : vous monterez instantanément à l'étage où penser est ne plus penser, voir ne plus voir, aimer — abandonner tout.

La plage où tu nous accompagnes pour une promenade a blanchi les dents de ses galets en ton honneur. Restent quelques algues dont l'émeraude gluante va aux ténèbres tutoyer tes noirs. Colette est une aubépine armée jusqu'aux dents. Elle a tracé un cercle entre toi et le monde. Dans ce cercle ton œuvre se retourne sur la paille du noir, geint en silence, enfante. Quand j'ai vu ton nom la première fois j'étais petit. Aujourd'hui je suis encore plus petit. Les enfants sont chargés de vieilleries. Leur fantaisie, leurs gigotements, c'est une tentative pour se débarrasser de ces millénaires d'ossements dont on les couvre à la naissance. Toi, même si tu relançais la mise du casino pour avoir deux cents ans et non pas cent — tu resterais l'enfant au cœur blanc triturant de la terre noire. Je ramasse un galet sur la plage. Je l'emporte pour sa veine noire dans la forêt. Je ne sais plus où je l'ai mis, si même je l'ai gardé. Nos plus grandes intensités ne supportent pas les preuves. Elles vivent avec nous, malgré nous, en silence. Quand nous mourons, elles continuent de vivre.

Le temps s'écoule, jamais mesurable en chiffres. J'attends Mohammed. Je suis de la vieille école du Creusot : on peut y attendre sans bouger, un siècle, voire plus. Quand, enfant, ce monde me persécutait de son bec d'acier, je ne faisais que voir, voir, voir. Je laissais mon bourreau s'épuiser, se dissoudre comme paille dans mon cœur en fusion. Je n'ai jamais cherché à rompre ma solitude. Elle était un œuf de dinosaure devant moi. J'attendais plus que patiemment et sans aucune sagesse les craquements de la coquille.

Prenez une nuit, n'importe laquelle, la nuit de Noël fera très bien l'affaire. Elle est, avec ses odeurs de sapin qui font vibrer les poils sensibles de vos nez, avec le froissé hâtif et rapace des papiers cadeaux, la plus ordinaire des nuits, celle qui, dans son excès, grossit à la loupe la vérité de nos occupations. Les yeux fermés, danser dans toutes les directions sauf dans celle de l'ange. L'ange, c'est nous-mêmes quand nous n'accrochons pas la lanterne de notre cœur à des arbres morts.

J'étais tellement au chaud chez moi, avant de prendre le train pour Sète, tellement en sécurité dans ma chambre avec ces penseurs demi-fous de tous les siècles qui répondent au claquement de doigt et vous apportent le ciel sur un plateau de cuivre. Mais je me suis enfoncé dans cette nuit noire dont Sohrawardi, au douzième siècle iranien, dit qu'elle est engendrée par l'aile gauche de l'archange, l'aile droite étant lumière. Le mot « bruissement » est une porte ouverte dans la nuit sétoise. J'entends les chuchotements des locataires du cimetière marin. Une vingtaine de mètres les séparent de ta maison. Ils connaissent ta manière d'interroger le néant jusqu'à ce qu'il te donne une poignée de lumière. Ils te savent gré de ton travail. Toute la ville s'est réfugiée sur les hauteurs où j'attends. Elle s'est repliée dans mon cœur, enroulée en tapis. Les mâts des navires piquent mes poumons. L'iode et le sel paillettent mon sang. Je suis *agnélisé* — du verbe agneau.

Les yeux de mon père étaient la chambre du soleil. Je l'ai puissamment habitée. Ces yeux sont désormais les miens. Je vis de leur éternité.

Pourquoi certains êtres entrent si loin en nous, c'est incompréhensible. Chacun de nous est un oignon. Une somme de cercles autour de rien. Certaines rencontres n'enlèvent que quelques pelures. De rares liens nous arrachent tout et nous réduisent à notre rien. Réussissant à nous sortir de la sphère sentimentale, ils plaquent notre ombre contre le mur du temps, nous résorbent en lumière. Dans le couloir de cette nuit froide, je suis la guérite éclairée du taxi un peu plus haut. Je suis le vent qui cherche un ami pour jouer depuis des milliards d'années. Je suis cette avalanche d'âme personnelle qui grossit depuis le matin de ma naissance, cette boule de neige de plus en plus épaisse et rapide, qui finira bien par éclater contre un rocher. Je suis la ville de Sète mariée à la ville du Creusot. Tous ces milliers d'habitants tiennent sous un seul de mes ongles. D'être seul fait devenir tout. La surdité de ton portail. L'odeur de vieilles dentelles du cimetière marin. Le crachin jaune d'un lampadaire municipal. Les gravillons de la route sous mes pieds, cette vaisselle de nain brisée, enfoncée dans le goudron. La lune analphabète de nos calendriers. Je suis toutes ces choses et, tu ne me croiras pas, je suis même tes peintures. Elles ont la simplicité triple — magique, enfantine et biblique — de l'écorce des grands arbres auxquels personne ne rend visite dans leurs forêts. Une écorce veinée de noir, une ceinture de force de la vie humide et solitaire. Tu as passé tes jours et tes nuits à découper les écorces de l'invisible.

Un geste me rassure dans cette vie, un seul, c'est appuyer ma main droite contre le tronc d'un arbre, ou la faire glisser sur le crâne rasé d'un livre. Dans cette nuit conventionnellement sainte de Noël, inaperçu de tous, j'appuie ma main sur quelques outrenoirs. Ce geste est interdit dans les musées. C'est un blasphème. Son auteur mérite la peine de mort. Je ne respecte rien, Pierre. J'aime.

L'heure approche nécessairement de ma fin comme de ceux qui me liront. Pas de la tienne. Ce livre t'ouvre les bras. Ta mort n'aura pas l'idée de t'y chercher. La vie ne dure qu'un jour et qu'une nuit. Le temps est cette biscotte que nos mains crispées émiettent. Cette grisaille ocre et bleu qui couvre les immeubles cartonnés de Sète, ce n'est pas de la poussière, ce sont les grains de sable du temps. Ils se fixent entre les doigts de pieds *sandalés* des touristes, ou bien dans les sillons des pattes-d'oie au coin des yeux des veuves, bien au chaud. Le temps est composé de ces particules fines qui pénètrent les âmes par la brèche du peu d'amour. Je ne connais de Sète que l'artère qui remonte au cœur de ta maison, mais voir un détail, une écaille du serpent, le fusil du soleil sur sa peau qui fuit — c'est la connaître toute. Qui donc est éternel, de la mer ou de ta peinture ? Ni l'une ni l'autre. Ce que j'ai connu d'éternel dans Sète rouillée par le temps — c'est ta présence au matin quand tu te penchais pour regarder ce que le dieu dont on ne sait rien avait laissé pour toi, pour nous, dans la corbeille de ce nouveau jour, quelles frugales abondances de paroles. La nuit aussi, quand la mer capée de noir rôdait aux portes, tout attendrissement évanoui, quand elle n'était plus que chantage et menace, la nuit sur la terrasse, ton visage sortait de l'éternel comme la statue sort du bloc de marbre et s'anime, s'étonne, sourit. Peut-être ne me suis-je égaré dans cette nuit du 24 décembre que pour dire, plus tard, la respiration d'un humain derrière un portail clos — ce témoignage de l'éternel. Mais pour l'instant, guettant les pas de ton serviteur, je n'ai l'idée d'aucun livre. Mon ignorance est assez forte de ce qui va venir pour que le temps ne me recouvre pas. L'instinct, le chant et l'amour nous rendent intouchables. Tous ces gens proches derrière ce mur, tous ces *cimetièremarinisés*, que reste-t-il d'eux, que reste-t-il de l'unique nuit que fut leur vie ? Ce que nous aurons aimé, ce dont nous nous serons émerveillés, même un brin d'herbe, témoignera pour nous devant le tribunal du Rien. Le vif ne meurt jamais. Il n'y a que la mort qui meurt.

Je marche dans la rue qui roule en boule de chez toi au centre-ville. Le soleil me bourre de coups de poing. En bas, sur la gauche, le triste triomphe d'un immeuble résidentiel, la mâchoire décrochée de ses balcons. Sur l'un d'eux, un squelette travaillant à laver ses os du grand âge fait des mouvements de gymnastique face au bleu pelliculé du ciel. Une musique le militarise sans doute, que je n'entends pas à cette distance. Je le regarde se déhancher dans l'eau devenue plus maigre du temps qui reste. Cette apparition est grandiose comme toute ma famille humaine quand la saisit sa misère, et la panique d'y remédier à n'importe quel prix. Par l'écriture je cherche dans le noir un visage qui pourrait nous sauver de nous-mêmes. Je le trouve chez toi, dans cette chambre miraculeuse où nous dormons. J'appelle « miraculeux » ce qui favorise la pensée claire, l'élancement de la fusée du cœur. Deux lits de camp en angle droit. La haute bouteille d'eau apparaissant chaque soir, rapportée du désert, escortée par des verres jumeaux plus transparents que l'air. L'admirable savon dans la douche, commandeur du matin, haut gradé : brun tendant au vernis noir, lourd aux mains, carré, fort comme une boîte qui serait à elle-même son trésor. La mer si proche la nuit. Sa main de bave tirant le silence sur nos corps endormis. L'éternel moustique trouant de pointes de feu la nuit massive. Et ce visage géant au-dessus du seul meuble : celui d'un dieu de bois rapporté d'Asie. Il a patienté des siècles dans l'eau d'un canal. Sa peau est douce aux yeux comme le ventre peluché d'une biche. Ses yeux clos couvent un sourire pour le donner plus fort. L'eau protège le bois. La mort protège le cœur.

Je me suis arraché à mes dieux pour aller vers un étranger qui m'a touché le cœur.

Je casse la nuit de Noël, je la sors de sa bogue, je regarde ce qu'il y a dedans: un rêve sans profondeur. Je n'avais pas trente ans quand, depuis un taxi, j'ai vu claquer dans le ciel de Paris les oriflammes de ton exposition à Beaubourg. Il aura fallu trente ans de plus pour que ta voix m'arrive — ta vérité, non ton succès. Il est difficile d'aimer celui que le monde inonde de son baptême. Il est impossible de voir celui qu'on voit partout. Mais ta voix. Ta voix porteuse de tes silences. Tu te tais comme une forêt respire la nuit. Des craquements de branches dans tes yeux. La hauteur maintenue de ces années de jeunesse où tu entrais en vagabond dans ton destin. Je ne parle même plus de toi. Je parle de cette explosion du silence dans le cœur qui fait un être humain. La peinture est un prétexte — au mieux un appui, une manière de s'asseoir au bord du lavoir éternel, un instant qui dure toute la vie, avant de reprendre sa route. L'humain est le travail demandé à tous. À celui qui peint, comme à celui qui siffle sur le chemin de ses matins en donnant un coup de pied dans un caillou. D'ailleurs ce sont les mêmes. L'humain est une pâte lumineuse qui lève dans la nuit des épreuves. Des gifles viennent, qui couronnent chacun sans exception.

Qu'elles sont bêtes, nos nuits de Noël. Qu'il est sublime de tâcher d'être humain et sourire d'échouer aussi parfaitement.

Il y a exactement dix mètres entre la ville de Sète et celle du Creusot. Les cinq minutes d'attente devant ton portail ont duré soixante ans. L'Hôtel-Dieu du Creusot renferme une relique mais ne le sait pas. C'est une relique immatérielle : les yeux cloutés d'or de mon père. La fièvre de son départ l'avait saisi. Il commençait à suivre le sentier des douaniers, à longer la falaise outrenoire de la mort. Il n'y a pas de mort, il y a juste pour chacun une convocation secrète, un évènement si puissant que notre pensée, petite vorace, échoue à le mordre, ne sait même pas s'en approcher. Le regard de mon père sous la pluie de mes paroles était naïf en même temps que profond, d'une profondeur qui manque aux religions. Pas de mot dernier. Le langage en nous s'efface avant le cœur. Le cœur culmine à une hauteur invraisemblable dans les yeux de ces voyageurs que sont les mourants, gens du souffle et du silence, peuple de lumière. Pourquoi je te parle de ces yeux : c'est qu'ils sont devenus ma lanterne pour aller dans le plein jour souillé de ce monde, dans cette modernité si lisse, ennemie jurée de l'entrepôt christique des ferrailleurs. « Combien je vous dois, chef ? » « Rien. » Ma réponse au gitan qui venait, avec son fils, de nettoyer les alvéoles de mon garage afin que tout respire, avait allumé ses yeux d'une joie d'enfant, l'inverse d'un calcul. J'avais admiré son fils l'ours, comme il balançait poêles, théières et pneus dans son camion. Cette brutalité était sœur de la délicatesse zen — même rapt de lumière.

Les fleurs, les poèmes et les yeux concentrés des disparus me donnent la clarté nécessaire pour vivre et écrire. Je cherche l'humain. C'est pour voir Dieu. Je cherche ce qui tape droit au cœur, la balle qui tue le cerf au plus fier de sa course. Le cerf c'est l'âme, le temple de l'Éternel, le sens enfin trouvé de cette neige qui descend sur le feu des Enfers. J'ai reconnu cette paix dans ta façon de te tenir debout dans une pièce. Un phare dans l'océan tourmenté des atomes.

Je me suis trompé. Il n'y a qu'un seul pas entre Le Creusot et Sète. Il n'y a jamais eu qu'un seul pas entre nous et l'autre monde. De même le temps, cette vieille manie célibataire des astronomes : le temps n'est en rien mesurable — sinon par le cœur. Cinq minutes de nuit sétoise valent soixante années de théologie. J'entends rire les enfants des étoiles.

Nous sommes pour le train des parasites dont il se débarrasse en secouant sa ferraille sur un quai. Que sommes-nous d'autre pour la vie ? Éclairer, il faut vite éclairer cette vie en frottant notre cœur soufré sur le grattoir des épreuves. Tu es celui qui a décidé d'éclairer avec du noir. Le taxi plus haut sur la route est *lampionisé* de jaune. On dirait une chapelle à essence avec des vitraux nus. Le portail qui me fait face me soupèse. Le cimetière marin remue dans ses draps. La lune grésille. Je n'ai jamais rencontré Soulages, Pierre. J'ai à la première seconde vu en toi la souche de l'humain, un contemplatif rupestre dont le nom décroché de l'âme trempait comme une olive dans le saké à Tokyo, et dans le whisky à New York. J'espère que ton ange ne va pas revenir trop vite. J'ai encore besoin de quelques minutes dans le froid pour réfléchir à cette énigme de toute présence sur terre. Les écureuils sur la terrasse faisaient claquer des pétards de pommes de pin -- ce qui t'agaçait. J'étais leur complice. Je comprenais qu'ils te bénissaient comme nous bénit tout ce qui dérange notre royaume. Ta peinture, certes. Ta gloire, certes, certes. Tes presque cent ans, certes, certes, certes. Mais demeure l'énigme de ta présence fauve. Si mon père, deux, trois fois, a cogné à la porte de ce récit, c'est que le premier il m'a montré la splendeur de la figure humaine dessinée sur le sable du temps : le temps l'efface mais elle brille à jamais dans la chambre noire du cœur. Il faut, pour bien voir, toujours un peu d'obscur. Tu nous as accueillis, avec Lydie. Dans leur geste d'ouverture, tes bras faisaient le tour du monde. La grande amitié, c'est d'oser dire ses désaccords, faisant sursauter écureuils et étoiles.

L'enterrement de la prudence est le relèvement du cœur.

Je t'ai volé dans cette nuit. Il ne te reste plus rien. Par ivresse de l'absolu je t'ai dépouillé de ta gloire, de ta paix, de tes œuvres, et même de ton nom. Il faut toujours surveiller le printemps du coin de l'œil. C'est un voyou qui s'approche par bonds de la chambre du cœur, les yeux luisants de son futur cambriolage. La pensée est ce printemps. J'ai pris le train dans la nuit inhumaine. Je me suis arraché à moi pour te dépouiller de tout, afin de comprendre ce qu'on appelle une présence, un humain lorsqu'il est sans entour. Ce voyage est ma thèse de philosophie. Les roues du train l'ont écrite. Les étoiles sont les notes en bas de page, les taches de vin du savoir. L'hiver cruel m'a aidé. Et cette nuit de Noël qui est, de toutes les nuits de l'année, la plus féroce et la plus protégée. J'attends devant le portail, mais l'aigle de ma pensée est déjà dans ton salon. Ta grandeur me passionne. L'homme privé de tout est l'envoyé de Dieu. Il est égal à celui qui l'envoie. Par la pensée, puissante maîtresse, angélique carnassière, par la seule pensée — en en payant le prix par la solitude, l'étrangeté et l'inconfort de ce voyage, je t'ai enlevé à tes courtisans taillés sur mesure, j'ai retourné tes œuvres contre le mur. Je me contente, pour te voir, de mon cœur. Cette affaire ne te regarde plus. Elle se passe entre ma pensée et les vivants que sont les morts.

Et si on ouvrait un livre avec l'espoir non conscient de mourir de joie ? C'est ainsi que j'étais à sept ans. Et si on ne regardait un tableau que dans l'attente de voir une porte s'ouvrir en nous, sur nous ? C'est la part muette des individus qui me passionne — ce beau visage qu'ils ont quand ils ne se savent pas regardés. L'intérêt des livres, c'est qu'ils taillent nos yeux, retendent la chair de nos âmes. Je lis pour être réduit à mon épure. Je regarde un tableau ou j'écoute une *Partita* de Bach pour la même raison. Attends un peu, monsieur tout noir du mont Saint-Clair. Attends. Le meilleur de nous prend parfois l'air. Qui le voit l'emporte. L'impérissable de toi est avec moi.

Quand je mourais d'ennui de n'être que moi-même à la faculté de philosophie, quand par la fenêtre mansardée du grenier de Dijon qui me servait de chambre je contemplais un amoncellement de toits et d'ignorances couleur ardoise, cette ville m'apparaissait comme un désordre de chapeaux claque écrasés. Kierkegaard sifflait dans sa cage suspendue près du lit. Ces affreuses années de jeunesse. Ne pas savoir où on va, qui on est, comment on s'appelle — car le prénom que nous donnent les parents est approximatif. C'est un nid bâti avec les nuées de leurs songes. Je ne comprenais pas qu'on ne ruine pas ses nuits en s'interrogeant sur cette vie, sur ce qu'on doit y être, et pourquoi, par quel tour de filou elle nous est reprise. Les étoiles de Sète me donnent leur silence. Je ne m'interroge plus. Je deviens peu à peu la couleur de ta porte, la noblesse du vent froid, les marins du cimetière. Tu peux dire à ton ange de venir.

Ici prend fin le songe d'une nuit d'hiver.

CHRISTIAN BOBIN
PRIX D'ACADÉMIE 2016

Aux Éditions Gallimard

LA PART MANQUANTE (Folio n° 2554)
LA FEMME À VENIR (Folio n° 3254)
UNE PETITE ROBE DE FÊTE (Folio n° 2466)
LE TRÈS-BAS (Folio n° 2681). Grand Prix catholique de littérature 1993 et prix des Deux-Magots 1993
L'INESPÉRÉE (Folio n° 2819)
LA FOLLE ALLURE (Folio n° 2959)
DONNE-MOI QUELQUE CHOSE QUI NE MEURE PAS. *En collaboration avec Édouard Boubat*
LA PLUS QUE VIVE (Folio n° 3108)
AUTOPORTRAIT AU RADIATEUR (Folio n° 3308)
GEAI (Folio n° 3436)
RESSUSCITER (Folio n° 3809)
L'ENCHANTEMENT SIMPLE et autres textes. *Préface de Lydie Dattas* (Poésie / Gallimard n° 360)
LA LUMIÈRE DU MONDE. Paroles réveillées et recueillies par Lydie Dattas (Folio n° 3810)
LOUISE AMOUR (Folio n° 4244)
LA DAME BLANCHE (Folio n° 4863)
LA PRÉSENCE PURE et autres textes (Poésie / Gallimard n° 439)
LES RUINES DU CIEL (Folio n° 5204)
UN ASSASSIN BLANC COMME NEIGE (Folio n° 5488)
LA GRANDE VIE (Folio n° 6009)
LA PRIÈRE SILENCIEUSE. *En collaboration avec Frédéric Dupont*
NOIRECLAIRE (repris avec CARNET DU SOLEIL en Folio n° 6498)
LA NUIT DU CŒUR (Folio n° 6857)
PIERRE, (Folio n° 6986)

Dans la collection « Écoutez-lire »

LA PART MANQUANTE (2 CD)
LA FOLLE ALLURE (1 CD)

Aux Éditions Lettres Vives

LE HUITIÈME JOUR DE LA SEMAINE
L'ENCHANTEMENT SIMPLE (repris avec LE HUITIÈME JOUR DE LA SEMAINE, L'ÉLOIGNEMENT DU MONDE et LE COLPORTEUR en Poésie / Gallimard n° 360)
L'ÉLOIGNEMENT DU MONDE
L'AUTRE VISAGE
MOZART ET LA PLUIE
LE CHRIST AUX COQUELICOTS
UNE BIBLIOTHÈQUE DE NUAGES
CARNET DU SOLEIL (repris avec NOIRECLAIRE en Folio n° 6498)
LA MURAILLE DE CHINE

Aux Éditions Fata Morgana

SOUVERAINETÉ DU VIDE (repris avec LETTRES D'OR en Folio n° 2681)
L'HOMME DU DÉSASTRE
LETTRES D'OR
ÉLOGE DU RIEN
LE COLPORTEUR
LA VIE PASSANTE
UN LIVRE INUTILE
ÉCLAT DU SOLITAIRE

Aux Éditions du Mercure de France

TOUT LE MONDE EST OCCUPÉ (Folio n° 3535)
PRISONNIER AU BERCEAU (Folio n° 4469)

Aux Éditions Paroles d'Aube

LA MERVEILLE ET L'OBSCUR

Aux Éditions Brandes

LE FEU DES CHAMBRES

Aux Éditions Le Temps qu'il fait

ISABELLE BRUGES (Folio nº 2820)
QUELQUES JOURS AVEC ELLES
L'ÉPUISEMENT (Folio nº 5919)
L'HOMME QUI MARCHE
L'ÉQUILIBRISTE

Aux Éditions Théodore Balmoral

CŒUR DE NEIGE

Aux Éditions de L'Iconoclaste

L'HOMME-JOIE (Folio nº 6341)
UN BRUIT DE BALANÇOIRE (Folio nº 6680)

Aux Éditions Poesis

LE PLÂTRIER SIFFLEUR

Aux Éditions de l'Herne

L'AMOUR DES FANTÔMES

Livres pour enfants

CLÉMENCE GRENOUILLE
UNE CONFÉRENCE D'HÉLÈNE CASSICADOU
GAËL PREMIER, ROI D'ABÎMMMMMME ET DE MORNE-LONGE
LE JOUR OÙ FRANKLIN MANGEA LE SOLEIL

COLLECTION FOLIO

Dernières parutions

6778. Annie Ernaux	*Hôtel Casanova* et autres textes brefs
6779. Victor Hugo	*Les Fleurs*
6780. Collectif	*Notre-Dame des écrivains. Raconter et rêver la cathédrale du Moyen Âge à demain*
6781. Carole Fives	*Tenir jusqu'à l'aube*
6782. Esi Edugyan	*Washington Black*
6783. J.M.G. Le Clézio	*Alma.* À paraître
6784. Emmanuelle Bayamack-Tam	*Arcadie*
6785. Pierre Guyotat	*Idiotie*
6786. François Garde	*Marcher à Kerguelen.* À paraître
6787. Cédric Gras	*Saisons du voyage.* À paraître
6788. Paolo Rumiz	*La légende des montagnes qui naviguent.* À paraître
6789. Jean-Paul Kauffmann	*Venise à double tour*
6790. Kim Leine	*Les prophètes du fjord de l'Éternité*
6791. Jean-Christophe Rufin	*Les sept mariages d'Edgar et Ludmilla*
6792. Boualem Sansal	*Le train d'Erlingen ou La métamorphose de Dieu*
6793. Lou Andreas-Salomé	*Ce qui découle du fait que ce n'est pas la femme qui a tué le père* et autres textes psychanalytiques
6794. Sénèque	*De la vie heureuse* précédé de *De la brièveté de la vie*
6795. Famille Brontë	*Lettres choisies*

6796. Stéphanie Bodet — *À la verticale de soi*
6797. Guy de Maupassant — *Les Dimanches d'un bourgeois de Paris* et autres nouvelles
6798. Chimamanda Ngozi Adichie — *Nous sommes tous des féministes* suivi du *Danger de l'histoire unique*
6799. Antoine Bello — *Scherbius (et moi)*
6800. David Foenkinos — *Deux sœurs*
6801. Sophie Chauveau — *Picasso, le Minotaure. 1881-1973*
6802. Abubakar Adam Ibrahim — *La saison des fleurs de flamme*
6803. Pierre Jourde — *Le voyage du canapé-lit*
6804. Karl Ove Knausgaard — *Comme il pleut sur la ville. Mon combat - Livre V*
6805. Sarah Marty — *Soixante jours*
6806. Guillaume Meurice — *Cosme*
6807. Mona Ozouf — *L'autre George. À la rencontre de l'autre George Eliot*
6808. Laurine Roux — *Une immense sensation de calme*
6809. Roberto Saviano — *Piranhas*
6810. Roberto Saviano — *Baiser féroce*
6811. Patti Smith — *Dévotion*
6812. Ray Bradbury — *La fusée* et autres nouvelles
6813. Albert Cossery — *Les affamés ne rêvent que de pain*
6814. Georges Rodenbach — *Bruges-la-Morte*
6815. Margaret Mitchell — *Autant en emporte le vent I*
6816. Margaret Mitchell — *Autant en emporte le vent II*
6817. George Eliot — *Felix Holt, le radical.* À paraître
6818. Goethe — *Les Années de voyage de Wilhelm Meister*
6819. Meryem Alaoui — *La vérité sort de la bouche du cheval*
6820. Unamuno — *Contes*

6821. Leïla Bouherrafa — *La dédicace*. À paraître
6822. Philippe Djian — *Les inéquitables*
6823. Carlos Fuentes — *La frontière de verre*. Roman en neuf récits
6824. Carlos Fuentes — *Les années avec Laura Díaz*. Nouvelle édition augmentée
6825. Paula Jacques — *Plutôt la fin du monde qu'une écorchure à mon doigt*. À paraître
6826. Pascal Quignard — *L'enfant d'Ingolstadt. Dernier royaume X*
6827. Raphaël Rupert — *Anatomie de l'amant de ma femme*
6828. Bernhard Schlink — *Olga*
6829. Marie Sizun — *Les sœurs aux yeux bleus*
6830. Graham Swift — *De l'Angleterre et des Anglais*
6831. Alexandre Dumas — *Le Comte de Monte-Cristo*
6832. Villon — *Œuvres complètes*
6833. Vénus Khoury-Ghata — *Marina Tsvétaïéva, mourir à Elabouga*
6834. Élisa Shua Dusapin — *Les billes du Pachinko*
6835. Yannick Haenel — *La solitude Caravage*
6836. Alexis Jenni — *Féroces infirmes*
6837. Isabelle Mayault — *Une longue nuit mexicaine*
6838. Scholastique Mukasonga — *Un si beau diplôme !*
6839. Jean d'Ormesson — *Et moi, je vis toujours*
6840. Orhan Pamuk — *La femme aux cheveux roux*
6841. Joseph Ponthus — *À la ligne. Feuillets d'usine*
6842. Ron Rash — *Un silence brutal*
6843. Ron Rash — *Serena*
6844. Bénédicte Belpois — *Suiza*
6845. Erri De Luca — *Le tour de l'oie*
6846. Arthur H — *Fugues*
6847. Francesca Melandri — *Tous, sauf moi*
6848. Eshkol Nevo — *Trois étages*
6849. Daniel Pennac — *Mon frère*
6850. Maria Pourchet — *Les impatients*

Composition Entrelignes
Impression Novoprint
à Barcelone, le 08 septembre 2021
Dépôt légal : septembre 2021

ISBN 978-2-07-293654-8./Imprimé en Espagne.

378066